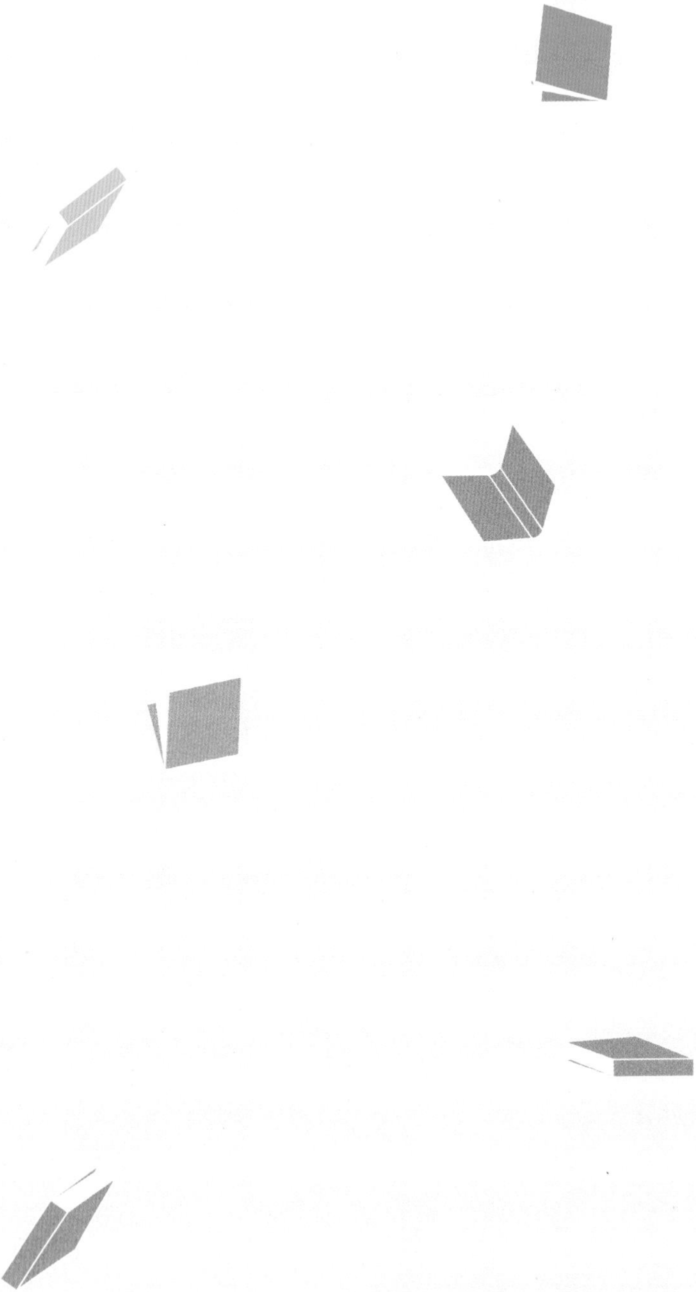

閱讀123

國家圖書館出版品預行編目資料

妖大王的大祕寶／林世仁 文；森本美術文化 圖 -- 第一版. -- 臺北市：親子天下,
2018.07 128 面；14.8x21公分. --（閱讀123：73） ISBN 978-957-9095-92-1（平裝）
859.6 107010114

閱讀 123 系列 —— 073

妖大王的大祕寶

作者｜林世仁
繪者｜森本美術文化
責任編輯｜陳毓書
特約編輯｜游嘉惠
美術設計｜杜黑鼻
封面設計｜蕭雅慧
行銷企劃｜王予農、陳亭文

天下雜誌群創辦人｜殷允芃 董事長兼執行長｜何琦瑜
媒體暨產品事業群
總經理｜游玉雪 副總經理｜林彥傑
總編輯｜林欣靜 行銷總監｜林育菁
資深主編｜蔡忠琦 版權主任｜何晨瑋、黃微真
出版者｜親子天下股份有限公司
地址｜台北市 104 建國北路一段 96 號 4 樓
電話｜（02）2509-2800 傳真｜（02）2509-2462
網址｜ www.parenting.com.tw
讀者服務專線｜（02）2662-0332 週一～週五：09:00~17:30
讀者服務傳真｜（02）2662-6048 客服信箱｜ parenting@cw.com.tw
法律顧問｜台英國際商務法律事務所．羅明通律師
製版印刷｜中原造像股份有限公司
總經銷｜大和圖書有限公司 電話：（02）8990-2588

出版日期｜ 2018 年 7 月第一版第一次印行
2023 年 8 月第一版第八次印行

定價｜ 260 元
書號｜ BKKCD114P
ISBN ｜ 978-957-9095-92-1（平裝）

妖怪小學 4

妖大王的大祕寶

文 林世仁　圖 森本美術文化

妖怪小學快報

「超級神祕獎」得主訪談

眼　眼

小記者

小記者：眼眼，恭喜你頭上的小眼睛睜開了！聽說它可以看到不一樣的東西？

眼眼：對呀！我爸爸說的。

小記者：好神祕喲！可以幫我看看，我未來會變成什麼風？狂狂風？笑笑風？還是瘋瘋風？

眼眼：不知道耶。

小記者：那你可以看到過去發生的事情嗎？像是妖大王的神祕童年？

眼眼：這個嘛……我不確定耶。

小記者：那你可以看出我心裡在想什麼嗎？

眼眼：其實，我還不確定我的小眼睛看到的是什麼。

小記者：連你也不知道？哇，果然超級神祕啊！

本校優秀師資與模範生群

A 妖大王
B 九頭龍
C 隱形怪
D 咕嘰咕嘰風
E 千眼怪
F 八腳怪
1 眼眼
2 小耳朵
3 咚咚
4 好奇怪
5 鼻寶
6 帝江

目次

序幕　祕密的影像

胖麵團！
你想變成胖包子？
還是胖煎餃？

嘻，胖石頭不會開花，
我們來幫你開花！

我賭他能吞下三座山！

胖球，你想不想再胖一點？

我賭五座。
我賭十座！

嗚，不要啊——
哈哈哈！
哈哈哈！
哈哈哈！

神奇的小眼睛

「恭喜！恭喜！」天空好晴朗。

「恭喜！恭喜！」大地好溼潤。

「耶，恭喜眼眼的小眼睛張開了！」遲到六人組好開心！他們都帶來小禮物，圍著眼眼又跳又叫。

「謝謝大家！」眼眼又高興又不好意思。

「現在，可以看看你的小眼睛嗎？」

「當然！」眼眼不好意思的搖搖頭上的小天線。小天線的尾端，一顆新張開來的小眼睛，正眨啊眨的。

「好可愛唷！」大家像看著小寶寶，朝它揮揮手。

「嘻，它在看我們耶！」咚咚說。

「也對，也不對。」眼眼說：「爸爸說，我的新眼睛會看到不一樣的東西。」

「哦，它究竟會看到什麼？」好奇怪問：「會看到我早餐吃了什麼？下一堂課的老師是誰？我的未來？還是我小時候的樣子？」

「這個嘛……」眼眼說：「我現在也還不確定。」

「哇，好神祕唷！」好奇怪說：「如果我也有一隻神祕眼睛，我一定要看遍全世界最奇妙的事。」

「我想看我忘記的夢。」咚咚說。

「我想看全宇宙最好笑的事！」鼻寶說。

「我想看看未來世界會變成什麼樣子？」小耳朵說。

帝江在地上畫啊畫，畫出一顆太陽的心。

「我還不清楚我看到了什麼？」眼眼抓抓頭，

「爸爸說，這會是生命送給我的神祕禮物。」

眼眼沒有說：新眼睛看到的影像好奇怪——有人被欺負呢！是誰那麼倒楣呢？眼眼好想知道。

彩虹帶來新同學

雨停了，天空出現兩道彩虹。

「哇，天空的眼睫毛好漂亮！」眼眼先看到。

「還是彩色的。」鼻寶說。

「我來數，」咚咚說：「下面的彩虹是紅、橙、黃、綠、藍、靛、紫。」

小耳朵跟著數：「上面的是紫、靛、藍、綠、黃、橙、紅。」

「咦？顏色正好相反！」好奇怪抓抓頭。

「上面那道稱作霓虹，下面的才是彩虹！」妖大王說：「哈哈哈，想當年，我就是在兩道虹下得到宇宙大祕寶，才變成妖大王的。這堂課你們好好學，說不定也會得到大祕寶。」

「哇——」所有小妖怪都盯著彩虹，好期待自己也能得到大祕寶。

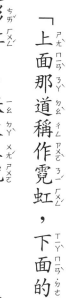

「大家好好欣賞唷！」八腳怪興奮的說：「是完全免費的呢！」

「啵！」一聲，上頭的彩虹忽然裂開一道縫，跳出一個彩色身影。

哇，宇宙大祕寶？

「大家好！我是小彩虹。」

「嘿，你終於來了！」九頭龍主任拍拍手說：

「大家鼓掌歡迎新同學！」

啊，原來是新同學！

小彩虹向大家一鞠躬。

「妖怪小學一開學，我就好想來。可惜，只有天空出現兩道彩虹，我才能出現。」

「哇，今天真是太開心，終於能來上學了！我一定會永遠待在大家身邊，做大家的好朋友！」小彩虹一坐下來，靠近他的七個小妖怪一下子都變了色。紅、橙、黃、綠、藍、靛、紫。

「嘻，好好玩！我也變成彩虹怪了。」

「我也要變小彩虹！」

「我也要！」

「我也要！」小妖怪輪流搶著靠在小彩虹身邊……

「哇，大家這麼喜歡我？我太感動了！」小彩虹說：「我一定會永遠跟大家在一起！我——」

「噓——」九頭龍主任舉起手，「請大家鼓掌，我們來歡迎新老師！」

啪啪啪！小妖怪們一邊鼓掌一邊東看西看。咦，老師在哪裡呢？怎麼沒看到？

「要再拍大聲一點唷！」彩虹怪說。

啪啪啪！啪啪啪！啪啪啪……掌聲中，上下兩道彩虹忽然跳起舞，咻一下重疊起來……

「蹦！」彩虹像煙花一樣爆開來，變出三十位老師。

「哇，三十位老師！」

小妖怪的眼睛都亮了起來。

「嗚……」八腳怪忍不住流下眼淚，「學校終於有錢了！一次請來三十位老師！」

「時間貓，」三十位老師同時開口：「麻煩你把時間定住。」

「是！」時間貓在臉上抹兩下，牠臉上的時針、分針立刻停止。

「很好，時間暫停，我們這堂課要上多久就能上多久，上它個一萬年也沒問題。」三十

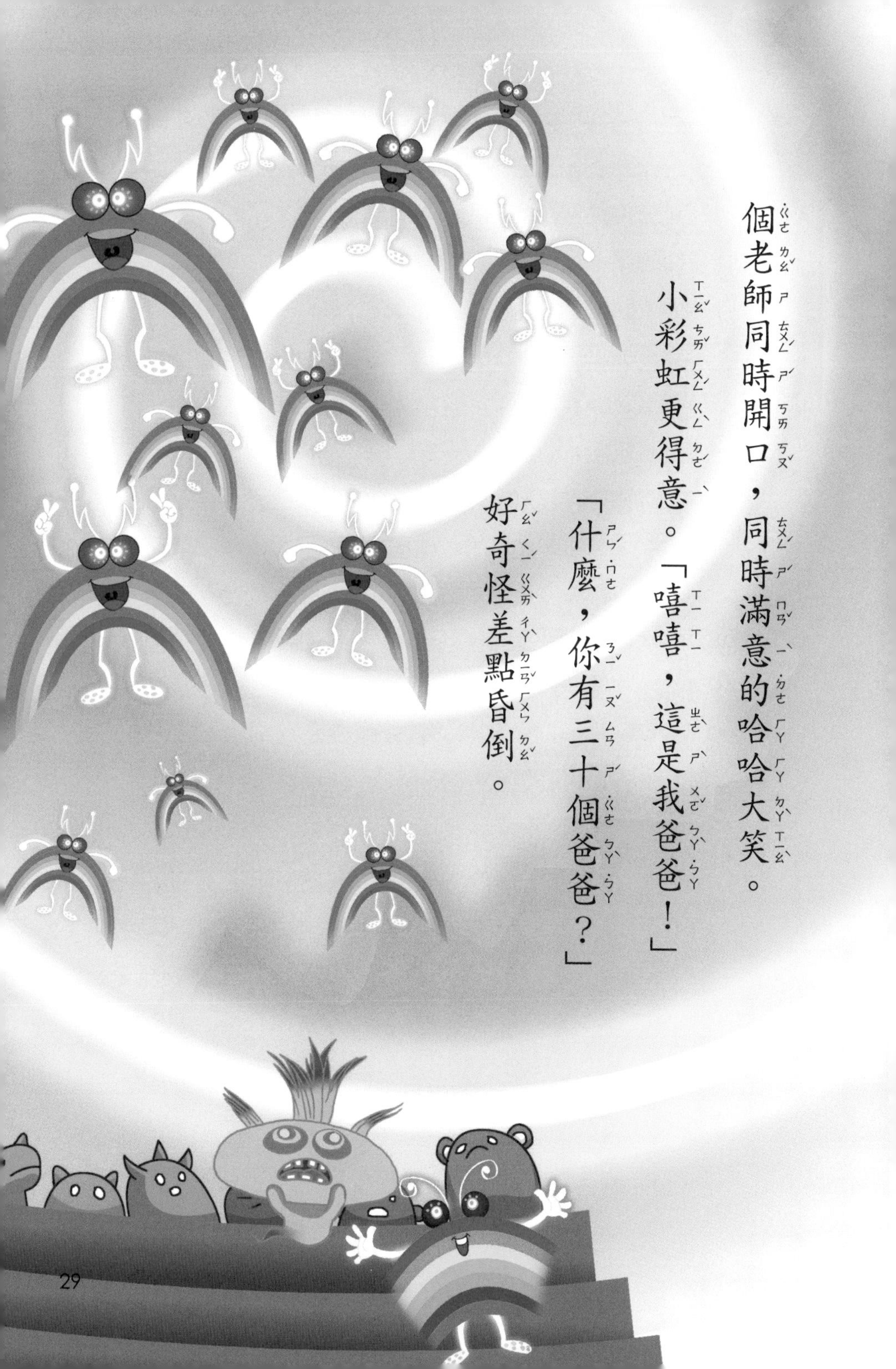

個老師同時開口，同時滿意的哈哈大笑。

小彩虹更得意。「嘻嘻，這是我爸爸！」

「什麼，你有三十個爸爸？」

好奇怪差點昏倒。

「三十位？」妖大王盯著新老師，問九頭龍主任：「學校這麼快就能一次請來三十位老師？」

「嗯……好像出了點差錯。」九頭龍主任的九顆腦袋都在冒汗，「這次的鐘點費……只夠付一位老師。」

三十位老師全笑了起來，一起自我介紹：「大家好！我叫八面玲瓏霓虹怪，簡單叫我霓虹怪就好。嗯，霓這個字很少見，不會唸的要看注音喔！」

「咦，三十個老師都叫同一個名字？」好奇怪覺得好奇怪。

「應該是一號、二號、三號……一直排到三十號吧？」咚咚猜。

「三十個老師？待會兒要同時上三十種不同的課嗎？」鼻寶好擔心，問眼眼。

眼眼搖搖頭：「我的新眼睛沒告訴我……」

這時，陽光下，三十個老師忽然重疊成一個。

「哇哈哈哈，被騙了吧？」霓虹怪哈哈大笑，「他們都是我的影子——立體的彩色影子！我只要一高興，就能變出這麼多影子喔！」

「原來如此啊！」

九頭龍主任鬆了口氣，擦擦汗。

「我爸爸很棒吧？」小彩虹悄悄說。

「嗯，好棒！」咚咚點點頭。

小彩虹可得意呢！身上的顏色都在發光。

「請問老師，我們這堂課要在哪裡上？」

妖大王有點不耐煩。

「來！」霓虹怪帶大家走出戶外，伸手接過一滴雨水說：「咕嘰咕嘰風，請幫我把這滴雨水吹開來。」

吹開雨滴？咕嘰咕嘰風從來沒試過。它鼓起嘴，想了想，又把嘴巴縮得小小小，輕輕朝雨滴吹過去。

「啵！」一聲，雨滴悄悄從中間打開來。

咻——不知道是雨滴變大？還是大家變小了？所有的妖怪一下子都被吸進雨滴裡。

「這一堂課，我們在雨滴裡上課！」

雨滴裡的世界

雨滴裡好奇妙，上下四周都被透明的水泡包住。往下擺擺手，就往上飄；向上抬抬手，就往向下飄。沾滿水的空氣好清涼，多吸幾口好像就能變成魚。

「咦，你們看——」

眼眼的手一指。

「哇——」大家的眼睛都像金魚一樣張得好大。

雨滴外的風景全都倒了過來！

山倒過來，樹倒過來，河倒過來，連天空也倒了過來。

「哈哈哈，你們現在知道在雨滴裡是怎麼看世界的吧——是倒過來看的唷！」霓虹怪說。

小妖怪都點點頭。

「這堂課，我就讓你們體驗一下——從別人的眼光來看世界。」

「喂喂，要偷看別人的內心嗎？」妖大王說：「那樣不太好吧？」

「請大王放心，不是偷看，」霓虹怪笑著說：「是光明正大的走進去！」

「走進去？」妖大王皺起眉頭，「你沒騙人吧？」

「大王如不信，嗯——」霓虹怪抓抓下巴，「不如就請您來當這堂課的貴賓！」

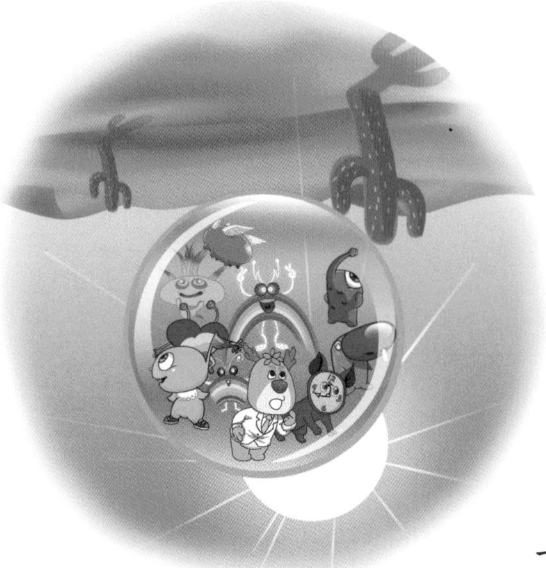

「很簡單喔！」霓虹怪說：「您只要說自己的故事就行。您說什麼，小妖怪就會感受到什麼，就像變成您一樣。」

「哈，那簡單！」妖大王來勁了。「其實，我小時候最愛鑽進雨滴裡。夏天外頭熱烘烘，裡頭好清涼。」

妖大王才說完，雨滴外

的光線忽然變強，好像有九顆太陽在外頭燒。雨滴裡的空氣卻變得好清涼！

妖大王又說：「冬天就正好相反，外頭好冷，裡頭好暖和。」

這次，雨滴外，片片雪花飄下，好像無數個雪怪在張嘴大叫。雨滴裡，咦，果然好暖和！

「不過有一次，」妖大王說：「我不小心在雨滴裡睡著了，等我醒來時，哇，已經凍成一片雪花。」

「啊——」小妖怪想叫卻叫不出聲。他們全凍成了一枝枝雪花冰。

「那一次，我被壓在雪地的最底層，直到第二年春天，我才變回來呢！」

「嘻嘻，在雨滴裡冬眠真好玩！」才一解凍，小妖怪都又蹦又跳，把全身的冷氣抖掉。

「好玩吧？」霓虹怪說：「現在，大家對妖大王的童年是不是更『感同身受』了？」

小妖怪都好羨慕妖大王能有這麼好玩的經歷。

這時，霓虹怪望向眼眼，問：「咦，這位同學在發什麼呆？你說說，妖大王小時候是不是很調皮？」

「唔……」眼眼一下子脹紅了臉，說不出話。

「對啊！」咚咚立刻幫眼眼回答：「妖大王小時候好調皮！」

「何止調皮？還很聰明！」

妖大王說：「我小時候還發明過『星星足球賽』呢！」

「星星足球賽？聽起來很有趣，」霓虹怪笑起來，「大

家想不想玩？」

「想——」小妖怪全都興奮大叫。

「想，就讓你們心想事成！」霓虹怪手一揮。

哇，雨滴裡變得跟宇宙一樣大，滿天星星都在眨眼睛。

「哇，怎麼玩？怎麼玩？」小妖怪問。

「簡單！」妖大王說：「首先，找一個喜歡的星座。嗯……那裡有個火山星座。看誰第一個把球踢進火山星座，誰就贏！」

「誰來當足球？」好奇怪問。

帝江把自己滾成球，自願當球。

「不不不，我們不踢自己人。」妖大王想了想，說：「看到流星沒？流星就是球。誰先找到、誰先踢進，誰就贏。」

「哦耶！」小妖怪立刻散開來，找流星。

忽然一陣流星雨！大家追來追去。

流星雨咻！咻！咻！小妖怪踢！踢！踢！

咻—我踢！咻—我踢！

「啊，有七彩流星！」時間貓一踢，七彩流星歪歪的飛出去。

「我來幫忙！」地震大王舉起腳——咻！七彩流星又飛歪了。

「看我的！」陽光小妖補上一腳，咻——踢進。文字怪變出兩個字：成功！

「耶，果然要團隊合作！」

「嗶！嗶！」妖大王吹起哨子，「你們在幹什麼？踢錯啦！」

啊，哪裡有七彩流星？是屁股紅紅的小彩虹！

妖大王好生氣，張嘴就噴出一團火，「記好了！只有遜妖怪才會欺負妖怪。」

小妖怪都嚇壞了，「對不起……我們看錯了！」

「小彩虹，」妖大王大力拍拍他，「記好了——就算宇宙把你踢成黑眼圈，也要笑哈哈！」

「嗯！」小彩虹全身紅腫

腫，卻笑得直點頭，說：「不痛不痛，大家都這麼喜歡我，我……我好高興！」

「不錯不錯，不愧是我的好孩子。」霓虹怪悄悄擦掉眼淚。

「好，我們都是打不倒的妖怪。」妖大王說：「來，特別給你一球，小彩虹，你來踢。」

咻——啊，沒進！

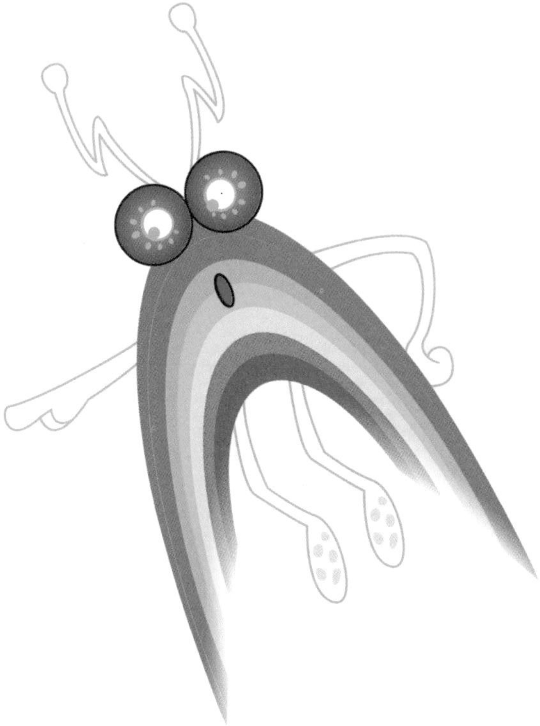

不過沒關係，小彩虹還是好開心。

「好，你們現在都體會過妖大王小時候玩的遊戲了。咦——」

霓虹怪指著眼眼問：「你怎麼又在發呆？」

「我……我……」眼眼又臉紅了。

「你剛剛都沒用心玩喔！待會兒要認真點。」霓虹怪又看向大家，說：「接下來，你們想體驗妖大王的什麼經驗？」

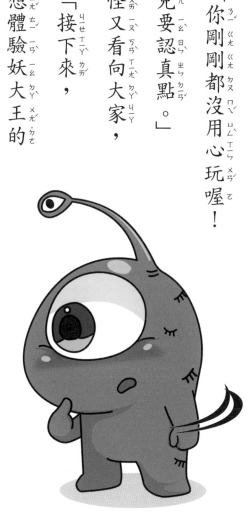

「大祕寶！」好奇怪舉手，「我想知道妖大王是怎麼得到宇宙大祕寶？」

「對對，妖大王拿到大祕寶才變成了大王。」

咚咚也舉手，「大祕寶是什麼？我好想知道。」

「大祕寶！」

「大祕寶！」

「大祕寶！」

所有小妖怪都同聲大喊。

「行嗎？妖大王？」霓虹怪問。

「嗯，這個嘛……」妖大王可不想點頭。咕嘰咕嘰風偷偷溜過來，在他肚臍上吹啊吹。

妖大王嚇一跳，低下頭——

啪啪啪啪啪啪

「啊，妖大王點頭了！」霓虹怪說：「大家拍手！」

「我……我……」妖大王臉紅了起來。

「別害羞，大王，您也可以重溫一下小時候的回憶嘛！」說完，霓虹怪手一揮。

水滴裡，立刻變成一片荒山野地。

再一看，哇，妖大王變成了小孩子！

啪啪啪

妖大王的大祕寶

半空中傳來霓虹怪的聲音：

「大家好！歡迎進入妖大王的故事。現在，我要換一個新角度，讓大家扮演妖大王小時候的妖怪玩伴，感受一下他們是怎麼看待妖大王的？別緊張！待會兒，『故事魔力』會自動幫大家變身。眼眼，你剛剛上課不專心，這堂課就讓你來當主角。」

當主角？眼眼臉又紅了！

咦？妖大王呢？

「呼嚕嚕！呼嚕嚕！」原來他躺在草地上，像一顆會打呼的胖石頭。

「哈，忘了說，妖大王小時候有個綽號叫胖石頭喔！」霓虹怪的聲音又響起來：「好，故事——開始！」

「好舒服啊！」胖石頭伸伸

懶腰，站起來。咚！咚！咚！所有小妖怪果然都自動說起話來，好像變成了別的妖怪。

「胖石頭！你居然敢接下我們的挑戰？」眼眼說。

他的聲音聽起來像一個陌生的惡霸（眼眼的表情怪怪的，好像很不想這麼說）。

「有什麼不敢？」妖大王說：「我胖歸胖，力氣可不輸人。來，你們一塊上吧！」

「哇，好大口氣。老大，」好奇怪問眼眼：「我們要不要讓他？」

「不讓，一起上，給他一點教訓！」眼眼的嘴巴又自動張開。

「上啊！」小妖怪一湧而上。

一根長繩子就像蛇一樣
飛向胖石頭！

胖石頭一把抓住。

「來啊，誰怕誰？」

繩子一緊，變成直直一長條，像鋼索一樣硬。

眼眼的臉脹紅了，好奇怪的臉變綠了！其他小妖怪的頭上猛流汗，腳底猛發抖……

「吼——」胖石頭大喊一聲。

「唉唷！唉唷！」所有小妖怪紛紛跌得四腳朝天。

「哈哈哈，我就說嘛！」胖石頭說：「你們全部一塊上，拔河也贏不了我！」

「哇，老大，怎麼辦？我們輸了。」好奇怪對眼眼說。

「別叫我老大，」眼眼向胖

石頭跪下，說：「老大，我們心服口服！請您帶領我們。」

「等等，我看看。」胖石頭從懷裡掏出號碼牌。

「啊，到了九千多號啊？拿去，你們一人一張，記好自己的編號。下次聽到我一打哈欠，就來這裡集合。」

「是，謝謝老大收容！」所有妖怪一一接過號碼牌。

小彩虹最後一個拿到。

「耶，我是第一萬號！」

叮咚！天上照下一道光。

「恭喜恭喜！第一萬個妖怪啊，不簡單！」

「哇，我有特別獎嗎？」小彩虹好興奮。

太幸運了！這樣也能中獎？

「哦……對不起，照錯了！」天光往右一移，改照

到胖石頭身上。

聲音又重新響起：

「恭喜恭喜，胖石頭，你收服了一萬個妖怪！不簡單，不簡單啊！請大家拍手！」

所有妖怪都熱烈拍手。

莊嚴的聲音又響了起來：「明天，你來找我，我要傳授給你宇宙大祕寶。」

說完，天光「啪！」一聲好像被誰關掉了。

「啊，他忘了說時間！」咚咚說。

「也沒說去什麼地方找他？」小耳朵說。

「沒關係，他健忘，我聰明！」胖石頭說：

「一定是明天這個時間，到這個地方來找他。」

「哇，還是老大聰明！」所有小妖怪都好佩服。

叮咚！胖石頭變回妖大王，所有小妖怪也恢復成原來樣子。

「原來當年的妖怪都這麼佩服您啊！」

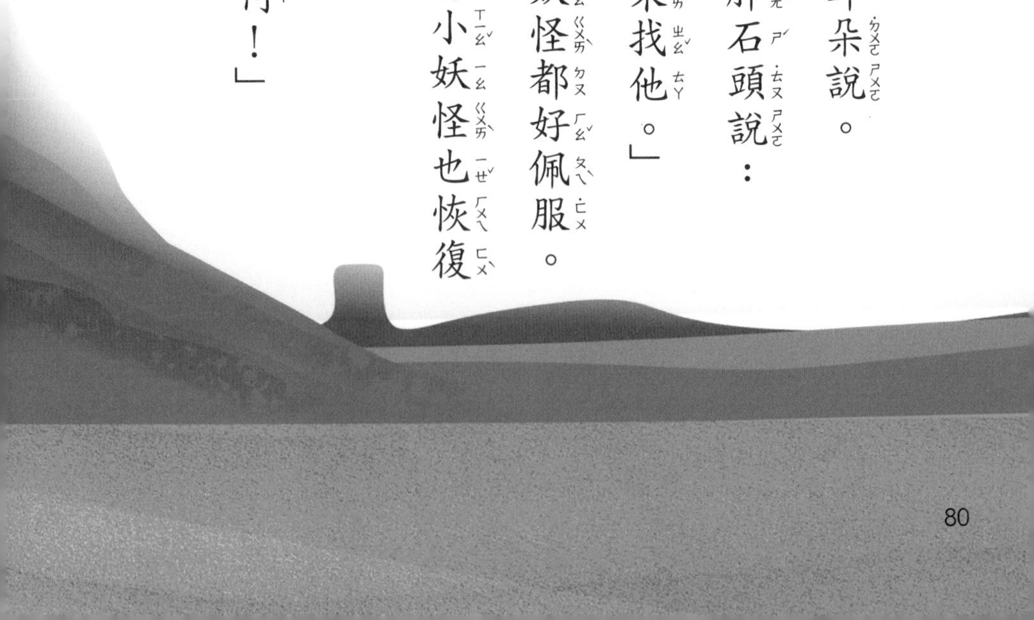

「當然，」妖大王握握眼眼的手說：「謝謝你！演得真像。不過當年那個妖怪老大更凶狠喔！」

「嗯，嗯……」眼眼的臉紅得都快發燒了！

妖大王又得意的說：「我呢，就是這樣從宇宙最神祕的力量手中，得到最神祕的大祕寶。靠著大祕寶，我終於變成了妖大王。哈哈哈！」

「大祕寶——」好奇怪問：「究竟是什麼啊？」

「好，那——」霓虹怪還沒說完就被妖大王打斷。

「都說是大祕寶了！當然是祕密啊！」

妖大王說著，一不小心碰到時間貓。他臉上的時針一動——

「啪！」水滴破了！

大家全掉到水滴外。

咦？

彩虹消失了！

「哎呀！」霓虹怪大叫：「彩虹消失，課程就要結束，我也要消失了！」

「大家下次再見！我——我一定會永遠跟大家在——」小彩虹的聲音還沒消失，他就先消失不見了。

啊，所有小妖怪都嚇一跳……這樣的下課方式，他們還是頭一次碰到呢！

眼眼不開心

傍晚，千眼怪走進一個沒人知道的小山洞。

「眼眼！」

「爸爸。」眼眼抬起頭。

「我就知道你躲在你的祕密基地……」千眼怪輕輕摸摸眼眼，「怎麼啦？今天上課怎麼一直在發呆？」

「爸爸，您今天也一句話都沒說啊！」眼眼嘟起嘴。

「因為我在擔心你啊！」千眼怪看著眼眼的新眼睛，輕聲問：「你看見了？」

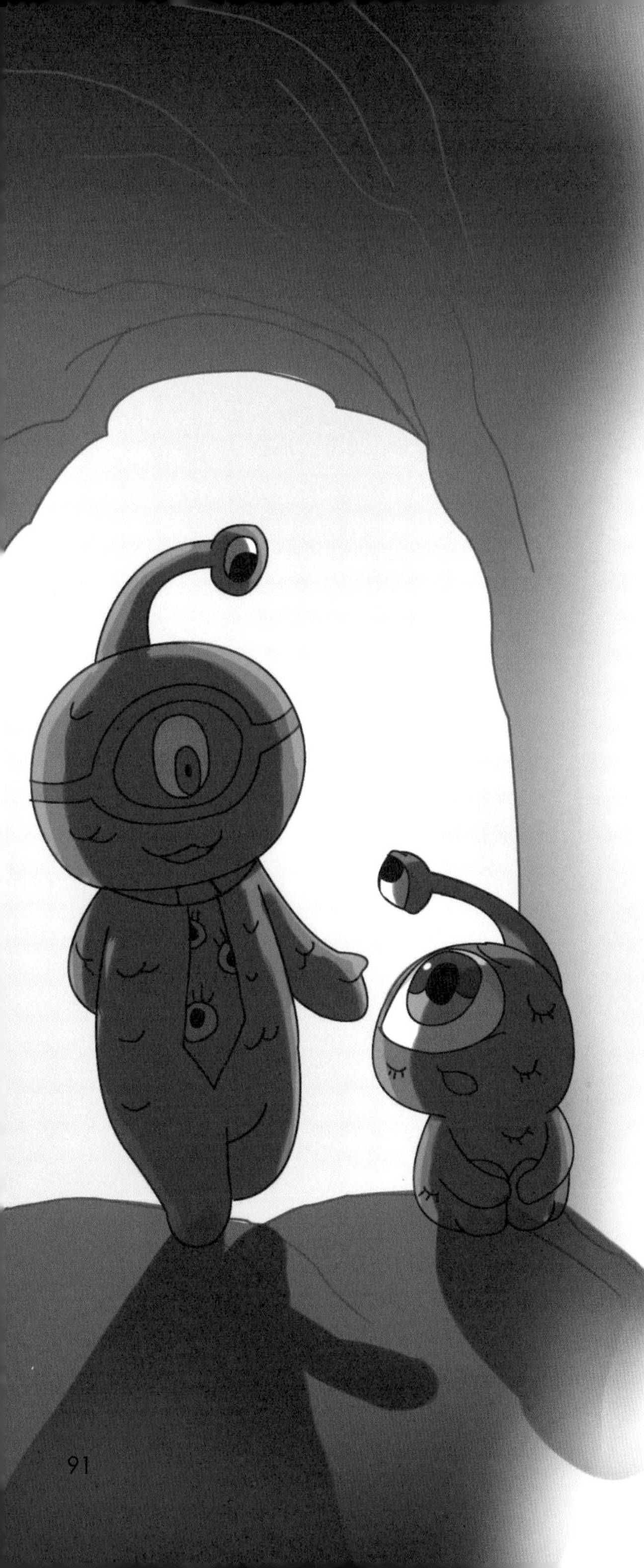

眼眼點點頭。

「所以你不高興？」

眼眼又點點頭。「妖大王為什麼要說謊？」

「我不知道，」千眼怪說：「每個人說謊的理由都不一樣。妖大王說謊，你會想揭穿他嗎？」

「我不知道，」眼眼搖搖頭。想到今天在學校上的課，他的心裡好難過。「爸爸，我看到的都是真的嗎？

妖大王小時候真的——真的是那樣嗎？」

「嗯，讓我來看看你的小眼睛看到了什麼。」千眼怪湊近眼眼的新眼睛。

眼眼的新眼睛眨啊眨，顯現出一幅幅影像……

哇，好燙！好燙！
哈，你躲在雨滴裡，
以為我們找不到？
嘿嘿。看我來烤雨滴！

看我把雨滴吹成雪滴，
把你凍成雪花冰！
嗚……好冷！好冷！

不要啊——
哈，好胖的足球喲！
我們來玩星星足球賽，
看誰先把他踢進天蠍星座！
哦耶！滾球，滾球，
一個滾球！

「妖大王小時候好可憐……」

眼眼覺得很難過。

千眼怪說：「眼眼，你還沒看到關鍵，你沒看到妖大王是怎麼得到宇宙大祕寶的。來，你看著我這隻『過去之眼』。」

眼眼看進去，看到了一段他沒見過的影像。

心之鏡

胖石頭不說話，窩著不動，一天又一天……

有一天，走來一個怪老頭。「瘦皮猴！還在睡懶覺？來，幫我一個忙。」

「您叫錯了，」胖石頭睜開眼睛，「我是胖石頭，不是瘦皮猴。而且我什麼都不會，沒辦法幫你。」

怪老頭說：「呵呵，我就是叫你，你是瘦皮猴啊！」

胖石頭說：「怎麼可能？我這麼胖！」

「你很胖？我怎麼看不出來？」

「看不出來？您——」胖石頭不好意思說他眼睛花了，站起來說：「您看——我有十座山那麼胖！」

「是嗎？我看你不但不胖，根本瘦不啦嘰，叫你瘦皮猴都客氣了，根本是竹竿猴嘛！不過，你這竹竿猴倒挺愛說話的，說什麼呢？我聽聽看——哦，你說你是宇宙第一強！哈哈哈，這麼會吹牛？挺有自信的嘛！」

老天，胖石頭想：這老爹不但眼睛瞎了，還瘋了！

胖石頭攤攤手說：「我根本沒有說話啊！」

「明明就有，你沒聽到？」

「沒有。」

「想不想聽？」

「嗯……」胖石頭好奇了。「想！」

「好，不過有個條件，你得先幫我一個忙。」

胖石頭好沮喪啊！「我說過，我什麼都不會。」

「沒試，你怎麼知道？」怪老頭說：「來，站到我背後。伸出手……對準我後背的中心點，好——用力——抓！」

胖石頭照做。

「哇，好舒服啊！」

怪老頭的眉毛一下子舒展開來，上上下下，好

像蝴蝶在飛。「看吧，我就說你能幫我！你抓的那個地方啊，我左手、右手都搔不到呢，癢死我了！」

怪老頭看看胖石頭。「呵呵，為了答謝你，明天清晨太陽灑下第一道金光時，你到最高的山上來找我，我讓你看看那隻竹竿猴。」

「好。」

第二天，太陽灑下第一道金光時，胖石頭沒出現。因為他找不到最高的山！等他終於找到時，太陽已經射下最後一道金光。

怪老頭的聲音在他心中響起：「我再給你一次機會，明天同一時間見。」

第三天，胖石頭又早早起床，但他太胖了，走得慢，好不容易走到。哎呀，太陽已經灑下第二道金光。

「你只剩下最後一次機會了。」

這一晚，胖石頭怕自己又錯過，不敢睡覺，等在半山腰。天剛要亮，他立刻往上衝，終於，太陽剛好灑下第一道金光。

怪老頭嘻嘻笑，「喏，這面鏡子你拿去，照照看。」

「咦，這是我？」胖石頭好驚訝，鏡子裡頭真的有一隻竹竿猴！

「當然，」怪老頭說：「那是你心裡的樣子。」

「我——這麼瘦？」

「當然瘦！因為你從來不去看他。」

「他是誰？」

「他就是你啊！你心裡的自己。」怪老頭哈哈笑，「喏，我現在把宇宙大祕寶——心之鏡送給你。記得，你要常常去照它，看看自己真正的樣子。」

怪老頭繼續說：「只要你天天去看他，仔細聽他說什麼，他就會愈來愈強壯。等他變強壯了，你就不再是胖石頭，不但不會被人欺侮，還可以幫助別人唷！」

「好，我會常常照心之鏡，」胖石頭握緊拳頭，「我一定要一天比一天強。」他看向鏡子裡，那隻瘦皮猴正在大聲說：我是宇宙第一強！

「耶，我是宇宙第一強！」胖石頭跟著喊。

咚！怪老頭敲了他一腦袋瓜。

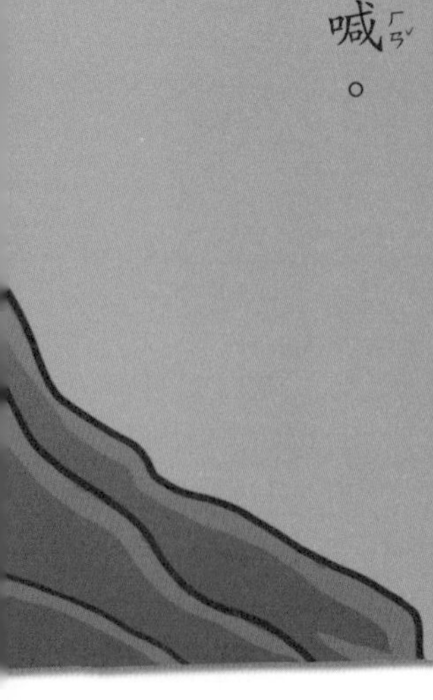

「小鬼，別臭屁！你將來啊，最多也只是妖怪界第一強。」

「唔，是噢！」胖石頭捂捂頭。「對了，還沒請問您叫什麼名字？」

「我嗎？呵呵！」怪老頭摸了摸鬍子說：「你可以叫我宇宙大王。」

真正的力量

「原來，大祕寶是『心之鏡』！爸爸，你的過去之眼比我的新眼睛還厲害！」眼眼驚訝的說。

「那是因為你的小眼睛才剛睜開啊！」千眼怪呵呵笑的說：「耐心慢慢看，你將來會跟我看到的一樣多。」

「嗯。」眼眼點點頭。原來是心之鏡來幫忙，讓胖石頭看到隱藏在自己心中的力量。

「爸爸，我現在知道妖大王小時候被欺負，是靠心之鏡才找回自己。我可以說出真相嗎？」

千眼怪沒有回答眼眼可不可以，他只是說：「眼眼記住這句話，新眼睛讓你看到別人的過去，不是要你看不起別人，而是要你更珍惜別人現在努力表現出來的樣子。」

千眼怪牽著眼眼走出山洞。「我們千眼怪是真相的守護者，記得喲！你要努力學習去看見所有的真相，不要把局部當成全部。」

好玄喲！眼眼聽不懂，不過他會努力的。黃昏的夕陽暖暖亮亮，好像天空的大眼睛，看著一切又靜靜不說話。默默的，夕陽只是把天空映照得又燦爛又漂亮呢！

感謝客串小妖怪

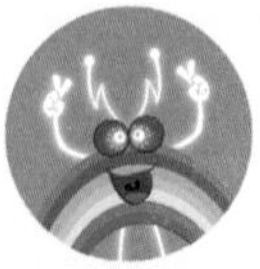

關於妖大王的事，我沒說謊喔！跟大家補上一下自然課，天空如果出現兩道彩虹，下面那一道叫「虹」——就是你們平常看到的彩虹。上面那一道是它的倒影，叫「霓」。我是從霓中誕生的，霓是虹的倒影，我說的話自然也就是事實的——倒影啦！

我也沒說謊！我真的很想跟大家永遠在一起，只是……只是……

孩子，別難過，下次一定還有機會的。現在，讓我們來感謝創造本集「客串小妖怪」的小畫家，謝謝你們！

2017年親子天下「愛分享」平台舉辦了
《妖怪小學系列》角色大募集活動

火眼紅睛怪
蔚向衍 創作
東海大學附設小學部三年愛班

彩虹蟑螂怪
林泳智 創作
私立母佑幼兒園葡萄班

一指火熊
曾彥瑀 創作
嘉義市興安國小

麵團怪
妹妹：Bella創作

麵團怪和捲毛怪是姐妹作

捲毛怪
姊姊：Amber創作

讀者們分享了他們的創作，而作者林世仁老師也認真挑選，將這些角色收錄本書中！

找張紙，畫出你心中的小妖怪，寄到親子天下。說不定他會出現在《妖怪小學》續集裡喔！

閱讀123